反斗群英 7

我要升班

梁望峯

U0164780

小天地
Little Cosmos

人物介紹

夏桑菊

成績以至品行也普普通通的學生，渴望快些長大。做人多愁善感，但有正義感。

黃予思（乳豬）

個性機靈精明，觀察力強，有種善解人意的智慧。但有點霸道，是個可愛壞蛋。

姜 C

超級笨蛋一名，無「惱」之人，但由於這股天生的傻勁，令他每天也活得像一隻開心的猴子。

胡凱兒

個性冷漠，思想複雜，口直心快和見義勇為的性格，令她容易闖出禍來。

孔龍（恐龍）

班中的惡霸，恃着自己高大強壯的身形，總愛欺負同學。

KOL
年紀小小的 youtuber 和 KOL，性格高傲自戀。

呂優
班裏的第一高材生，但個子細小又瘦弱，經常生病。

蔣秋彥（小彥子）
個性溫文善良的高材生，但只有金魚般的七秒記憶，總是冒失大意。

方圓圓
為人樂觀友善，是班中的友誼小姐。胖胖的身形是她最大的煩惱，但又極其愛吃。

曾威峯
十項全能的運動健將，惜學業成績差勁。好勝心極強，個性尖酸刻薄，看不起弱者。

目錄

第 1 章

各位同學辛苦了，
讓我們一起加油吧！

　　踏入六月上旬，一年一度的下學期大考，尚餘一個星期便開始了，小三戊班各同學也**如箭在弦**，準備要迎戰了！

　　平日總會四處找同學拗手瓜的孔龍，這陣子也休戰了，有同學找他對戰，他也婉拒了，問他原因：「我這是**黃金右臂**，扭傷了去考試會考得不好的啊！」

　　然後，孔龍用溫柔的眼神看着他揚起

了的**粗壯**「肉」臂，好像在拍甚麼護膚膏廣告，讓一群同學看傻了眼。只有最喜歡挖苦別人的曾威峯勇敢地開口了：「恐龍，就算你的手臂沒有受傷，恐怕也考不好吧！」

孔龍兩管鼻孔在噴氣，即時追打他。曾威峯一邊逃跑一邊慘叫：「你這是黃金右臂，受傷了去考試會考得不好的啊！」

孔龍説：「沒問題，我用鑽石左臂揍你！」同學們給兩人笑死了。

本來放學後會走去學芭蕾舞的方圓圓和女班長蔣秋彥，這陣子也暫停上跳舞課，改去一個名叫「學制專家大考特訓班」的補習班，作最後備戰了。

胡凱兒每天放學後，依舊要等待同樣也在西營盤就讀的弟弟胡圖放學，但她沒有再攜帶平板電腦，觀看她深愛的卡通片集了，而是趁着等弟弟的空檔，捧着課本

在溫習。成績和讀書資質也不算很好的她，只想**將勤補拙**，希望可順利升班。

就連平時古靈精怪、最愛搗蛋和做一堆笨事的姜C也**修身養性**了，但他的「生性」卻與眾不同。他脫去了鞋子，在課室後頭的壁報板下盤坐，一邊做着各種瑜伽的動作，一邊在溫書。

一直崇拜姜C的小櫻妹妹，好奇地問他為何要這樣做啊？像個**瑜伽大師**的姜C，雙手合十告訴她：「因為，我要時刻保持着清醒啊！所以，才會一直做瑜伽淨化心靈，腦袋便會運轉得更活躍，溫書事倍功半啦！」

小櫻妹妹仰慕地看着姜C，雙眼都是心心：「姜C，你真的很厲害啊！」

曾威峯在附近聽到了兩人對話，又忍不住要挖苦姜C一下：「姜同學，事倍功半的意思是：『下一倍功夫，收一半成效。』你的中文課本應該要多讀幾遍哦！」

姜C以笑遮醜：「我就是故意說錯，讓大家找錯處啊！」

小櫻妹妹繼續仰慕地看着姜C，雙眼有更多心心了：「姜C，你比我想像中更厲害了！」

然後，自滿的姜C嘗試把右腳放到右

邊肩膀和後頸之間，但他失敗了，好像更扭到了腰。

　　高材生呂優則選擇在學校的圖書館內溫習，他是個友善的同學，遇上有學生上前向他請教，他會盡力解答和幫忙，並教大家一個心得：「在考試前一晚別要**熬夜**，你滿以為會多讀一些，但由於你應考時會累得連腦筋也不清醒，忘記的會比讀了的更多呢。」各人**引以為戒**。

　　而呂優的話也在男班長夏桑菊身上應驗了，小菊無時無刻的不在溫習，但每晚也讀得很晚的他，每天頂着兩個**黑眼圈**回校，他在上課前、小息時分和午膳後也

想讀一下，但每次也疲累得伏到書桌上睡覺。有幾次更無意地把坐在旁邊的胡凱兒當作成睡枕，輕輕香甜地小睡在她的肩上，雖然只有幾秒鐘時間，但也很溫馨啊！

KOL 見大家為了溫習**各出奇謀**，決定用手機直擊眾同學在大考前的實況，她訪問眾人，在大考後最想做甚麼？各人一一的說出自己最想做的事。

方圓圓：「我要好好跳一整天的舞！流很多很多的汗水……因為，我溫書時吃太多零食了，又要減肥了！」

孔龍：「我要找同校的同學，甚至鄰近學校的學生**拗手瓜**，看看我是不是西

環區臂力最強大的人！然後，當我打遍西環無敵手，我會跨區挑戰，去上環和銅鑼灣尋找高手去！」

曾威峯：「還用説嗎？我要跑步、打籃球、踢足球、游泳、打羽毛球、踏單車……唉，我的球技可能已**生疏**了呢！」

胡凱兒：「我已有三個星期沒有看卡通片集了，只想快快追回劇情。我已經完全忘記主角們在做甚麼了！」

呂優：「我想讀幾本課外書。」

蔣秋彥：「我想彈一整天的鋼琴。」

夏桑菊：「我相信自己病了！我要看醫生！」

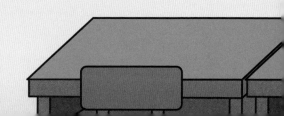

KOL 把鏡頭移向班上最有**智慧**的黃予思臉上，黃予思也知道 KOL 總要問出甚麼才會放過她的吧？所以，她**從容**地說出了一番有意義的話：

「無論想做甚麼也好，大家也不用等太久，只要再辛苦多兩個星期，你們口中想做的事情都可以真正去實現！」

累壞了的一眾同學，聽到黃予思的話，

裝滿考試課文的混亂腦袋受到了衝擊，突然

清脆的叮一聲，好像快渴死的人在沙漠裏看

到了一台汽水販賣機，燃起了一線生機！

大家不約而同地**點頭稱是**，興奮

地說：「對啊，我們很快便可做自己想做的事了！」

　　樂觀的小櫻妹妹充滿憧憬：「說得真好，考試已在倒數中！但考試完結也一樣在倒數中啊！我們很快便可以好好去玩，好好休息一下了！」

　　同學們也七嘴八舌地和應：「這樣想起來，距離大考結束只有兩星期而已，也不是太辛苦啊！」

　　霎時之間，本來氣氛憂苦的課室內，好像熱鬧起來了。雖然，這也許只是苦

中作樂而已，但當大夥兒也面對同樣的煩惱，**互相激勵**未嘗不是一種好辦法。

　　KOL 喜見大家精神大振，便把手機鏡頭轉回自己臉上，配合着遠處就是一整個小三戊班課室和一群同學的背景，她笑着說：「我知道，網友們也忙着應付學校大考，希望我們可以一同努力，爭取最佳成績！**大家加油**啊！」

　　KOL 身後的一眾同學也笑着向鏡頭揮手，**聲勢浩蕩**地高喊：

　　「各位同學辛苦了，讓我們一起加油吧！」

第 2 章

大考快將逼近了

尚有三天，就到群英小學下學期考試。

平日總是熱烘烘的操場，變得一個學生也沒有了，籃球架下沒有了爭相投球的男生，操場的另一端也見不到打排球的女生們，更沒有了**你追我逐**的調皮學生，大家也自動自覺停止了一切的活動，把全副心力放在考試上。

不對……差點看漏了一個，那個抱着籃球，慢慢走向籃球架的男生，就是小三

戊班的曾威峯！

　　沒有任何同學跟他鬥波，但曾威峯也就獨自在射籃，神情悠然自得，彷彿不把即將降臨的大考當作一回事。由於他在全校「獨一無二」的舉動，叫很多學生也走出了課室，在每一層樓的走廊外憑欄俯視，大家對於這個大敵當前還能從容地打波的男生，不禁露出了驚訝的神情，只覺得他真有項羽般的「力拔山兮氣蓋世」的氣派呢！

　　放學後，曾威峯被駕車過來的爸爸接走，一離開了學校範圍，確定不會被同學見到，他第一時間便從書包拿出了課本，

溫習明天要考的課文。

在體育學院任職教練的曾爸爸，從倒後鏡看兒子，一臉興奮地說：「小峯，我們不如先去打一場籃球賽，逛一下商場，去超市買了晚飯的餸菜才回家去？」

曾威峯瞄了爸爸一眼，不滿意地說：「爸爸，三天後就是大考了，我哪有心情遊玩呢？」

爸爸不明所以：「但我的車剛才在校門外排隊等候時，明明見到你在操場上打籃球啊！」

曾威峯不知該如何解釋這一切，只好**不情不願**地說：「你就別管我啦，我

現在只想專心讀書罷了！」

爸爸聳聳肩，只好順着兒子的意思：「好啦，我還以為你想放鬆一下呢……沒問題，我們現在回家，讓你專心讀書吧！」

曾威峯這才放心下來，第一時間將雙眼放回課本上，好像連一秒鐘也不想錯失，跟那個在學校裏對學業成績表現得滿不在乎的他，完全是兩個人啊！

——到底哪一個才是真正的他？

晚上，除了吃飯的時間以外，曾威峯一直把自己關在書房裏溫習。當他讀得正累，爸爸敲門進來，給他送上一碟生果盤。

爸爸笑着說：「小峯，讀書辛苦了！

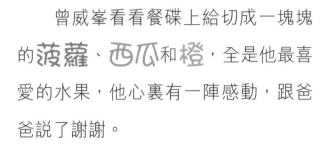

這是給你的獎勵！」

　　曾威峯看看餐碟上給切成一塊塊的**菠蘿**、**西瓜**和**橙**，全是他最喜愛的水果，他心裏有一陣感動，跟爸爸説了謝謝。

　　爸爸不想妨礙兒子溫書，放下水果便準備退出房間，曾威峯卻叫住爸爸，忍不住的問：「爸爸，我有個問題，一直想知道。」

　　爸爸點點頭，示意他説下去。

曾威峯講出藏在心裏已有一陣子的問題：「雖然你現在是個教練，但媽媽告訴我，你在讀書的年代，跟我的情況相若，也是成績不好，但各種運動卻得到好成績。那時候……你的同學會取笑你嗎？」

　　爸爸很奇怪：「取笑我甚麼？」

　　曾威峯道出自己一直**耿耿於懷**的事：「就是取笑你運動細胞發達，但卻是個讀書讀不好的鈍胎啊！」

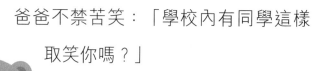

爸爸不禁苦笑：「學校內有同學這樣取笑你嗎？」

曾威峯卻搖搖頭說：「沒有，但我總覺得他們眼中的我，應該就是這樣子了吧？」

爸爸終於明白兒子面對的困擾了，這也解釋到兒子的反常行徑：

「由於你認為別人正在這樣看你，因此在大考前夕，你仍是繼續在操場上打籃球，表現得好像對考試一點也不在乎吧？」

曾威峯沒想到爸爸一下子便講中了他的心態，他只好直認不諱：

「對啊，我在學校裏根本不敢拿起課本，否則同學們一定會想：『這個笨蛋終於也良心發現，肯讀書了嗎？』或『除非體育科也成為主科之一，否則，他捧着書也只是浪費時間啊！哈哈哈！』於是，我便乾脆做他們眼中的壞學生好了！」

爸爸的表情有點**遺憾**，他對兒子老實地說：「爸爸在你這個年紀的時候，成績確實一向欠佳，但運動很在行。幸好當時有幾個要好的同學，我平時會教他們打波，到了**考試關頭**，便輪到他們幫我補課了。」

曾威峯羨慕地說：「這樣看來，你的

同學很好啊！」

「你也可以擁有一群好同學啊。」爸爸認真的告訴他：「但首先，你要打開心扉，告訴別人你遇上難題了，否則誰會知道你需要幫忙呢……就好像，你踢波時擦傷了膝頭，就會走去醫療室求助一樣。若你流着血回家，到最後還是要獨自受苦的，得不到適當治療的傷勢，也只會愈來愈嚴重而已。」

曾威峯思考着爸爸的話，他點點頭說：「或許，你的想法也很正確。」

爸爸說：「沒有人會真正明白另一個人。所以，若你希望別人理解你，你必須

首先踏出第一步，勇敢表現出真正的你。」

　　曾威峯臉有難色，自嘲一下的說：「我很害怕大家會不接受那個『勤奮向學』的我啊！」

　　「但你還是可以放膽試一下，一切總

得有個開始吧。」爸爸拍拍曾威峯的肩膊：用溫和的語氣説：「正如學業成績也一樣，很難要求成績一下子便突飛猛進。但只要你肯用功讀書，就會發現一次考得比一次好……這就是你老爸的經驗之談。」

曾威峯得到了鼓勵，他終於放下憂慮地説：「好的，我想試試看！」

第 3 章
互相協力的時刻

還有兩天，就是大考的日子。

平日鬧哄哄的群英小學，愈來愈安靜了，就連一刻也靜不下來的運動健將曾威峯也不打籃球了，操場上出現了連一個人頭也沒有的奇景！

這也不算奇怪，最奇怪的是，在早會開始前，大家竟見到曾威峯拿着課本，非常專注地在溫習！

根據與曾威峯同班三年的姜C的形容：

「在我的一生人之中，見過不少怪事，這包括我的狗狗 Anson 在我褲子上撒尿；也包括我見過我的一位不公開名字但跟一種中藥飲料撞名的好朋友，在巴士睡着了並流出一串口水，最後恐怖地滴到書包上；更包括我在旺角見過 ET 外星人；但要數到最匪夷所思的怪事，一定是見到曾威峯同學坐在課室內溫習課本，在那麼的一刻，我以為自己見鬼了！」

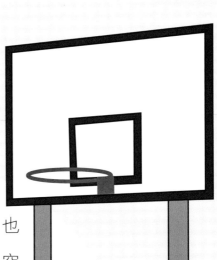

真的啊，大家也對於看見曾威峯的突然勤奮感到**訝異不已**，但這還不是奇怪的。最出人意表的是，遇上不懂的內容，曾

威峯更會主動走到高材生呂優面前求教，平日總是説話囂張和愛挖苦別人的他，好像真的**虛心受教**，態度變得很謙虛。當呂優順利幫他解答了問題，他説了很多次謝謝，讓大家又一次跌破眼鏡。

終於，小三戊班另一個惡霸孔龍忍不住**開口揶揄**：「曾威峯，你不是運動健將嗎？為甚麼卻忽然沉迷讀書？你要轉行做好學生了嗎？」

眾同學聽到孔龍存心在挖苦曾威峯，全都停下了手上的溫習，抬起頭準備看看班中「**兩大惡人**」的惡言相向。

大家滿以為曾威峯會被即時惹火，然

後兩人又會吵嘴駁火甚至出現追打的場面，但這一切都沒出現。只見曾威峯雙眼從書本裏轉向恐龍臉上，輕聲地說：「我的名次一直徘徊在全班倒數的幾名，隨時有機會留班，所以想盡最後努力，希望跟大家一同順利升上小四吧！」

孔龍可沒想到平日最愛跟他頂嘴的曾威峯，這次居然心平氣和地向他解釋，他張大嘴巴不知該如何回應。

眾同學聽到一向天不怕地不怕的曾威峯，居然誠懇地坦承自己擔憂成績。大家都有種感同身受，誰也沒有再加一腳之理。

見義勇為的女班長蔣秋彥開口了：

「我覺得曾威峯的做法很對啊，運動健將也需要溫書的吧。我也希望全班同學可以順利升班。」

方圓圓有一份憧憬：「對啊，最好我們全班三十人可以**整整齊齊**的升上小四，那就不用調位，坐回現在的位子便可以啊。」

曾威峯卻搖了搖頭，跟方圓圓說：「雖然，你的想法很理想，但老實說，那是沒可能的吧？我統計過群英小學的學生留班比率，發現每年平均有百分之十的學生會留班。」

方圓圓驚嚇得瞪大了雙眼，本來就屬

於圓臉的她，看起來更加渾圓了：「百分之十？那麼，我們班上有三十人，豈非就有三個人要留班了嗎？」

　　曾威峯擔憂地説：「對啊，成績最差勁的幾個學生，危機極大。」

　　成績比曾威峯好不了多少的孔龍，聽到留班人數的統計數字，才知道大禍臨頭，他也乖乖打開課本，對曾威峯說：「好吧，我知道你為何要加緊溫習了！待我倆一同升上小四後，我再跟你鬥嘴，現在停戰好了！我們來一同應付這個大考！」

　　孔龍向曾威峯做了個 T 字手勢，曾威峯也擺出了 T 字，表示停戰的意思。兩人會心微笑，笑容中有識英雄重英雄之感。

　　放學後，請教了呂優英文造句問題的方圓圓，和呂優一同走出校門，方圓圓的樣子真的累壞了，好像每走一步路也在搖晃，呂優關心地問：「你的英文課本溫習

完了嗎？」

方圓圓滿臉擔憂的説：「還欠三四課，後天早上就要考，我很擔心讀不完。」

「要是真的讀不完，便記下課文裏的重點好了。」呂優有點不好意思的説：「老實説，我也遇上有課文太多讀不完的情況，**無計可施**之下，我會牢記着書中的幾個重點，然後利用那幾個重點，再加上自己的觀點，努力想出答案或拼貼出一篇長文來。」

方圓圓很訝異：「你是**高材生**啊，怎麼有可能會有讀不完課本的啊？」

呂優抓抓腦袋，無可奈何地苦笑一下：

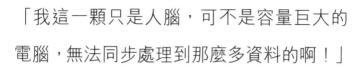

「我這一顆只是人腦，可不是容量巨大的電腦，無法同步處理到那麼多資料的啊！」

　　方圓圓聽到呂優竟然也有讀書的煩惱，她彷彿找到了一種**同病相憐**的安慰感，心情輕鬆不少的說：「好的，要是我真的溫習不了全部，我會試試你的『**記重點**』方法的啦。」

　　兩人在港鐵站口說拜拜，呂優走了兩步，卻沒有走下樓梯，轉頭喊住方圓圓：「對啊，我要告訴你一件事——」

　　方圓圓回頭看着呂優的臉，準備好聽聽他想說甚麼，但呂優臉上卻一副**有口難言**的神情，過半晌才說：「對啊……

40

記得在考試前一晚別要熬夜，會嚴重影響考試表現的啊！要是大家也溫習得差不多，真要較量的，就是**臨場表現**和考試時的**精神狀態**了！」

方圓圓向他比了一個 ok 手勢，兩人便笑着道別了。

胡凱兒從弟弟的學校接到胡圖後，兩人搭乘過海巴士回家，在車程中，胡凱兒把握每一秒，溫習她成績最弱的英文。坐在她身旁拿着手機在玩賽車遊戲的胡圖，瞄瞄猛皺着眉頭的姐姐，苦惱地看着手中的英文課本，他不以為然地說：「姐姐，你的大考就是考這些啊？毫無難度哦！」

胡凱兒罵：「你懂甚麼！」

胡圖露出一副洋洋得意的表情：「你問對了問題，我懂得全部！」

她滿以為弟弟在胡扯：「你才讀小二，這可是小三的課程吧？」

「我們學校的老師一早便教完了今個學期的課程了，於是預先教明年的課程，所以你手上在讀的，我也在讀啊！」

胡凱兒給嚇一跳，但想想也不是不可能，只因弟弟就讀的是港島區數一數二的名校，校方對學生有相對的高要求，也不是甚麼奇事。

胡圖見姐姐彷彿讀得一知半解的，

一手便搶過了她手中的英文課本，問她：
「你有甚麼不明白的，我來教你吧！」

「不用了。」她想搶回課本。

胡圖說：「你不是很喜歡你現在的學校嗎？我也喜歡我現在這家學校啊，所以，我不希望每年也轉校了，我想你也一樣吧？所以，我們要**一起努力**，在功課上也可**互相幫忙**啊！」

胡凱兒聽到弟弟說的這些話，感到別有一番感受。只因這幾年來，由於父母親希望成績一向**優異**的胡圖更上一層樓，不斷替他尋找更好的學校，負責照料弟弟的胡凱兒也被迫多次轉校。

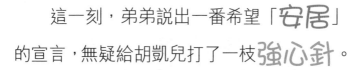

這一刻，弟弟說出一番希望「安居」的宣言，無疑給胡凱兒打了一枝**強心針**。

胡圖這時又炮嘴：「我可不想明年升讀小三時，你卻留班升不到小四啊……這還不是最可怕的，最可怕是甚麼？就是當我升到小五，你仍在小三留班啊！所以，為了我們兩人着想，告訴我你不懂甚麼，讓我教你吧！」

胡凱兒聽到這裏，也不再拒抗弟弟的幫忙了，對課本**一知半解**的她，只好虛心求教：「好了，我必須承認讀書真是你的強項。現在**時間緊迫**，要麻煩你幫我補習一下啦。」

胡圖驕傲地一挺胸，興奮地説：「不麻煩，你有哪一課不明白，讓我來教你。」

胡凱兒抓抓頭，露出一副很頭痛的表情，傻笑着説：「我沒有哪一課是明白的，你要全部教我。」

胡圖驚呆了，「姐姐，原來你真的很麻煩啊！」

第 **4** 章

溫暖的家人

由於大考逼近，KOL 簡愛和姐姐簡佈做了一個決定，兩人在合作的「簡氏姊妹頻道」Youtube 直播節目中，向網友們公佈這個消息。

姐姐說：「有很多時候，我們需要一心二用。但總有些關鍵的時刻，我們卻必須*心無旁騖*，一心一意做好一件事，就譬如每年兩次的學校大考啦！」

簡愛接口：「對啊，我和姐姐是那種

無時無刻也不在思考着節目內容的人。所以，要是在大考期間仍然在做節目，我們一定會對考試分心，考不到令自己滿意的成績。那麼，『簡氏姊妹頻道』可能要改名成為『簡氏失敗姊妹頻道』了。」

YouTake

簡氏姊妹頻道

簡氏姊妹頻道
312 位訂閱者

加入　訂閱

姐姐説出了總結：「所以，我倆決定在大考期間，暫停節目更新，直至考試完畢後，便會馬上回復正常。我知道有很多網友跟我們一樣，在這段期間也要應付考試，所以希望大家一起努力，在大考後再見。」

其實，兩姐妹也蠻擔心網友的反應，但在直播旁邊的留言板上，卻見網友們的即時回應：

「當然沒問題，我們在考試後再聊囉！」

「太好了！我也擔心你倆一邊做節目，一邊應付大考會

很辛苦，現在這個決定非常好。我們好像
心有靈犀！」

　　「耐心靜候着你兩姊妹凱旋歸
來！加油！」

　　「OK 啊！你們之前有拍過很多段影
片，我還未有時間看完呢，正好可以重溫
一下，你倆放心應付考試就好！」

　　網友一面倒的支持，讓簡愛和姐姐感
到非常溫暖窩心。雖然她們跟網友們
素未謀面，但他們一個個都像熟絡的好朋
友，給予她倆無限的支持。

　　姐姐表示謝意：「感謝各位網友的留
言和讚好，大家都是我倆最強大的後

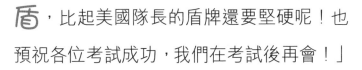

盾，比起美國隊長的盾牌還要堅硬呢！也預祝各位考試成功，我們在考試後再會！」

做完直播後，簡愛的心情一陣失落。自從一年前開始做 Youtuber 以來，這是她首次放下網上工作，雖然只是暫時性質，但這足以叫她**心情失落**。

她滿心疑惑的問：「我們的決定真的正確嗎？」

姐姐很理解妹妹**患得患失**的心情，她用食指指一下留言板上超過六百個留言，用非常確定的語氣對她說：「要是我們沒有這樣做，怎麼知道我們的網友會全力支持我們？況且，我們還是可以一邊專

注考試，一邊將應付考試期間的所見所聞、快樂和辛苦、以至一些考試的實用小貼士，在考試後化成影片的題材，跟大家

一同分享，説不定可幫到更多人！」

簡愛聽到姐姐這樣説，想到考試也可帶來收穫，她的心情便振作起來了。

「對啊，既然得到那麼多網友的喜愛和支持，我們也**不該怠慢**，馬上開始溫習吧！」

在網友滿滿的祝福下，兩姊妹一同翻開課本和一大疊的筆記，要跟這場大考**火併到底**！

傍晚時分，蔣秋彥拖着疲累的腳步，從考試特訓補習班回到家中。一踏入家門，她已嗅到一陣雞湯的香氣，教她心頭馬上愉悦起來。

不出所料，嫲嫲從廚房探頭出來，滿臉笑容地說：「秋彥回來啦，我煮了你喜歡的花旗蔘雞湯，有清熱降火、益氣潤肺的功效。」

「謝謝嫲嫲，我餓壞了！可以先喝一碗嗎？」

秋彥記起剛才在補習社裏，由於肚子太空虛了，發出一陣咕嚕的怪叫，補習社內其他學生聽到這個「求救的呼喊」，大家都忍不住笑起來，讓她羞紅了臉。

秋彥最愛喝雞湯，所以每次有甚麼重大考試，嫲嫲總會煲給她喝。也別小覷這個湯，老雞必須熬上半天才能熬出鮮味來，

媽媽大概覺得太麻煩了，所以很少煲湯。但非常**痛惜**秋彥的嫲嫲，當然樂意接下這個任務。

　　嫲嫲把雞湯端到餐桌上，秋彥用雙手捧着湯碗嚐了一口，一種滋補的味道透過口腔散佈全身，她**瞪大雙眼**驚喜地説：「嫲嫲，你煲的湯真是愈來愈好飲了！」

嫲嫲笑咪咪的，她一笑，額頭上的皺紋全走出來了：「你想逗嫲嫲開心吧？」

秋彥**老老實實**說：「嫲嫲，我是說真的啊！我覺得你應該開一家湯水專門店，讓更多人也能喝到你煲的湯！」

嫲嫲給這個孫女的話逗得開懷大笑，她也逗趣地說：「那好啊，你多喝幾碗，我下次就要開始收費了！」

秋彥看着這個**活潑精靈、說話風趣**的嫲嫲，她快樂地鬥嘴：「好啊，但你要給我一個大大的員工優惠價的啊。」

喝了一大碗湯後，秋彥走到臥室換回睡衣，當她再走出客廳，卻見嫲嫲已換過

一張**神情呆滯**的表情，靜靜坐在餐桌前。

　　秋彥用溫和的聲音，試探地問：「嫲嫲，你還好嗎？」

　　嫲嫲聞聲轉向秋彥，用迷茫又慌張的眼神看着她，猜疑地說：「請問⋯⋯你是哪位？」

　　秋彥提醒自己必須**處變不驚**，她臉上的笑容反而增加了，對嫲嫲溫和地說：「我是負責照顧你的人，你在這裏很安全，請放心好了。」

　　秋彥的安慰話，對躁動不安的嫲嫲馬上起了作用，她的臉容多了幾分鬆弛。蔣

秋彥腦筋一轉，就地取材地跟嫲嫲說：
「對了，廚房內有剛煲好的雞湯，我盛一
碗給你試試。」

　　然後，她走進廚房，在那一窩熱湯中
舀出了一碗，心裏滿滿都是滋味。

事情發生在半年前，嫲嫲被診斷出患上老人失智症，此後她就會**間歇性**的忘掉自己是誰，也忘掉了誰是她的家人。

一開始的時候，秋彥總是希望提醒嫲嫲她的身份，也想提醒嫲嫲她是孫女的身份，但慢慢地，她就放棄這種堅持了，但願在嫲嫲忘記一切的那些時間裏，可以保護着她，令她免受恐懼。

也因此，家裏做了**多重防範**，防止嫲嫲突然忘了事情，導致的危險和意外。譬如爸媽已經將廚房內的煮食爐，由明火的爐頭，轉為電磁爐。電磁爐的好處就是遇上在煮食時煲乾水的情況下會自動斷

電，有效防止嫲嫲忘記自己在煮食而引起的火災了。

除了要防範家居意外，爸媽和秋彥也召開過家庭會議，大家一致決定要對嫲嫲生病的事**放輕鬆**一點，不要再強迫她記起自己的身份了，也許只有這樣，才能減輕對嫲嫲的傷害。

秋彥深深吸一口氣，端着一碗雞湯到嫲嫲面前，跟她說：「雞湯剛煲好，你快試一下。」

嫲嫲聞到雞湯的香氣，整個人的心神被吸引過去了。她喝了一口，**一臉滋味**的稱讚：「真的太好飲了，那是你煲的嗎？」

秋彥看着嫲嫲，感觸地說：「我怎有可能煲得那麼好呢？這是我嫲嫲煲的，她是個煲湯的**高手**。」

嫲嫲欣賞地再嚐一口：「我真想認識你嫲嫲，向她請教煲湯的技巧呢！」

　　秋彥微笑：「好啊，你和她終有一天會認識的。」

　　嫲嫲用雙手捧着湯碗，一臉舒服又安靜地在喝湯，很快把湯喝光了，她回味無窮似地說：「我可以再添一碗嗎？」

　　「當然可以！你等一下，我替你盛多一碗。」

　　嫲嫲一臉感激：「小朋友，謝謝你啊！」

　　「不客氣，我會告訴嫲嫲她的湯很受歡迎，她一定開心極了！」

秋彥走進廚房內，不禁**悲從中來**，但她叫自己必須好好忍耐着負面的情緒，並用更大的笑容繼續迎戰！一想到這裏，她就彎起了兩邊的嘴角，提醒自己**不可氣餒**。只因她在心裏答應了自己，無論是她，或者是她最疼愛的嫲嫲，也不能被命運輕易打敗！

第 **5** 章
行屍走肉的日子

　　大考在明天正式舉行，各位同學也**整裝待發**。

　　黃予思在自己的睡房溫習時，媽媽叩門而入：「明天便要考試了，你有沒有甚麼不明白的課文，我替你溫習一下好嗎？」

　　黃予思搖搖頭說：「不用了，我自己溫書便可以了。」

　　媽媽也就不勉強，只拿了兩枝原子筆

給黃予思，「你的筆快沒墨水了，所以我買了新的。你試用一下，看看墨水有沒有很順暢。」

黃予思接過後道謝了一聲，媽媽便退了出去，替她關好了房門，不妨礙她溫習了。

黃予思繼續溫習着數學題，當她試着計算着一條乘加乘減混合計算題時，墨水卻變得斷斷續續的，她提起筆桿在檯燈下一看，才發現裏面的墨水真是已到了盡頭，隨時就會斷墨，她心裏暗叫了一聲好險。

黃予思不斷埋首讀書，卻一直沒

有留意到這個細節。若是在考試時才遇上了原子筆斷墨，問題就大了……不，也別以為只要舉手問老師借筆就可以，每個人也有自己用慣了的筆和文具，在**重要關頭**才草草改用另一些不熟悉的物品，一定會出問題。

為何黃予思會那麼清楚呢？因為那是她的**經驗之談**。猶記得有一次她穿上了新買的球鞋，跟爸爸去行山，沒想到未走到半山，她的腳已痛得起了水泡，幾乎走不下去。

爸爸告訴她：「雖然，你在買鞋前已經試穿過了，但畢竟只是在鞋店內走了幾步，知道尺碼合適而已。只有真正穿着好一陣子以後，才知道鞋子是否真正舒適啊！」

自從經歷了那次**慘痛經驗**後，黃予思就知道了，一定會穿着穿慣了的舊波鞋去行山或旅

行；也必須帶着常用的文具去赴考。

　　她再看看擺在桌邊媽媽替她預備好的兩枝新筆，都是她最喜愛用的牌子，因為這個牌子的筆墨水流暢，非常好寫。握筆位置更特別附加了一層軟墊，長時間使用也不會感到手痛。

　　一想到這裏，黃予思心裏不禁非常感謝媽媽。

　　雖然，想比起整天也笑容滿面、凡事好商量的爸爸，媽媽總是表現得比較嚴肅，讓人覺得她難以接近，也經常不准女兒做這做那的，但媽媽居然留意到連自己也疏忽了的重要事，可見媽媽是真正關

心着她、也真正了解她需要的人。

　　溫習完畢後，黃予思執拾好明天要的筆袋。當她將那兩枝新筆放入筆袋內，就像打了一枝強心針，她感覺到自己是帶着媽媽的**護身符**去應考，她有更大的信心，可考到好成績。

不知道同學們在考試前夕，會否跟夏桑菊有着同樣的遭遇呢？

　　雖然，夏桑菊的學業成績不算很好，但也肯定不是最差，總希望可以考得更高的名次，又害怕多跌幾個名次，所以總是誠惶誠恐的。

　　在考試前的兩星期，夏桑菊已開始溫習，但書好像愈讀愈讀不完似的，讀到後面的課本，之前溫習過的課本好像又忘掉了七七八八，簡直就像似曾相識卻説不出名字的舊朋友，令他非常頹喪呢。

　　臨考前的那個晚上，距離考第一科數學尚剩下十二個小時，夏桑菊吃完晚飯後，

不敢再像平日般輕鬆看八點檔的電視處境喜劇了，第一時間便躲進書房溫習。但不知是否飯氣攻心，抑或心情緊張再加上疲累，他腦袋裏好像再也塞不進更多的數學計算公式了，就像所有容量皆已用光的記憶卡，無法容納多一點點內容了。

他溫習了才半小時，眼皮已有千斤重，幾乎睜不開眼來，他的意識也開始模糊了，頭部一直往下啄，好像捕魚的翠鳥。猛然醒了一下，他發現自己的口水都滴到筆記上了。

夏桑菊心知不妙，連忙走

去廁所用凍水洗一把臉，希望令自己盡快清醒過來。可是，重新坐下來，還不到十分鐘，他又陷入半昏迷中。

　　終於，洗了三次臉後，他知道實在太累了，根本無法保持清醒，甚麼也讀不入腦呀，便決定小睡一下才繼續。他拿了媽媽放在廚房裏煮蛋用的倒數器，調校了倒數 30：00。一趟上床，他幾乎一秒鐘便進入夢鄉。

　　倒數器在三十分鐘後準時響鬧，睡得又香又甜的夏桑菊，睜着半眼厭惡地按熄了鬧鐘，告訴自己多睡一分鐘就要起床，然後繼續倒頭大睡。

　　然後，他「一小睡」一睡便睡到翌日大清早，在媽媽有點生氣的叫喊下，他睡眼惺忪的起床，趕忙上學去考試了。

第 **6** 章

大考之後做的
第一件事

下學期大考的最後一天。

「各位同學，考試時間結束，請馬上
停筆！」

小三戊班的三十位同學，一個個的放
下了筆桿，也同時把心裏的重擔卸下來了。

把試卷交到老師手中的時候，大家腦中只有一片空白，唯一想到的是：

「終於考完啦！」

　　隨着老師提起一大疊試卷走出課室，大考宣佈正式結束了！本來鴉雀無聲的課室變得熱鬧非常，各同學也像冬眠過後的小兔子般活躍起來，課室裏充滿笑聲。

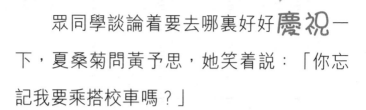

　　眾同學談論着要去哪裏好好**慶祝**一下，夏桑菊問黃予思，她笑着說：「你忘記我要乘搭校車嗎？」

　　夏桑菊有點失望，黃予思卻笑着說：「你們上次不是問：『考試完畢最想做甚麼？』我最想做的一件事，就是馬上回家苦練我的廚藝。」

　　夏桑菊驚訝地問：「為甚麼你要**苦練廚藝**啊？你小學三年級就要賺錢養家了嗎？」

　　黃予思翻翻眼笑了：「暫時沒有那個打算。但由於我對煮菜這回事滿有興趣的，也希望參加在暑假舉行的一個『小廚師比

賽』。爸爸說待我大考後，便會正式教導我煮菜，所以我一直在等的，就是這一天了！」

　　夏桑菊看見黃予思臉上綻出了開心的表情，他也替她高興起來：「那麼，你要好好地學廚，在比賽中得獎，我等着吃你煮的米芝蓮大餐啦！」

這句話正好給附近的姜C聽見了，他震驚地說：「黃予思，你要做『餵豬員』廚師啊！太厲害了！」

黃予思沒好氣的更正他：「法國知名的輪胎製造商米芝蓮公司，出版了一本評鑑餐廳美食的書籍，叫《米芝蓮指南》，不是餵豬員啊！」

姜C做了個豬嘴，繼續興奮：「無論是『米豬蓮』或『餵豬員』，總之你一定是個棒極了的廚師吧？我也要像一頭可愛的肥豬般的，乖乖給你餵！」

課室內的同學都聽到兩人的對話，大家也嚷着要吃黃予思煮的美食，令她哭笑

不得，她只好答應大家：「好吧，若我真的可以在比賽中獲勝，就煮一頓大餐給大家品嚐！」

眾同學們都**起哄拍掌**，告訴黃予思她一定能夠成功，黃予思沒想到大家都給她百分百的鼓勵和肯定，看好她一定能夠成為小廚師，她心頭有一陣感動。

黃予思離開後，同學們商量着考試後的活動，大家決定在學校的食物部開一個**祝捷大食會**。於是，各人也湊出了一點點零用錢，買了一大堆魚蛋、梳打餅、撈麵、很多枝維他奶和檸檬茶等……大家圍坐在食物部內，開開心心慶祝大考結束。

食物部的老闆娘突然拿着一大碟**熱氣騰騰**的蒸魚肉燒賣過來，對大夥兒**笑臉盈盈**地說：「考試期間，我看見大家也很用功溫習，所以決定要請大家吃東西。」

眾人歡呼起來，本來已鋪滿了一桌的食物，再添上了一大碟燒賣，令這個臨時開的大食會變得陣容更**鼎盛**了。

當大家沉醉在愉快的氣氛中，非常緊

張成績的方圓圓，神情有點落寞地告訴大家她剛才不夠時間回答一條長題目，白白失去了十五分！

方圓圓的話，令大家很有共鳴。大家也説出自己在考試時遭遇的問題。你一言我一語的，説着説着，原來各人也是錯漏百出。

本來充滿輕鬆的大食會，氣氛突然急

轉直下，各人也對自己在考試時的各種失誤，覺得**耿耿於懷**。

呂優眼見眾同學也不開心，他**語重心長**地說：

「其實，在考試之前，我們悉力以赴就可以了，那就是我們自己可以控制的部份了！至於，當考試完結了，由老師請大家停筆、交出試卷的一刻起，你的成績已成定局。做甚麼也無法改變，也不屬於我們可操控的範圍，所以別再去追究了！我們已經盡力而為，而這種盡力而為也是時候**告一段落**了！」

靜靜聽着班中第一優等生說

84

的一番話，令大家有好一陣子的靜默，蔣秋彥開口了，她同意地說：「對啊，我們在考試中已**拼盡全力**，現在才捉錯處、抱怨自己的不是也無補於事的啊，只會破壞了這一刻的好心情！我們應該好好地放鬆，好好玩樂一下啊！」

眾同學想想也對，便回復笑臉，不再回看考試的種種差錯。大家一邊大吃大喝，一邊談論相隔不足一個月便會開始的暑假，氣氛再度**熾熱**起來了。

眾人計劃多多，正如黃予思想參加小廚師比賽；孔龍也希望可以參與一些正式的武術訓練，讓熱愛習武的他**強身健**

體：方圓圓羞羞地說自己決定要在家裏看電視時戒吃零食，但願可以清減五至十公斤；篤信世上有外星人的姜C說自己暑假時希望可以解剖一個外星人，但首先他必須急切地找到一個從 UFO 墜毀的外星人；KOL 簡愛則希望可以每天發一條 Youtube 片，陪着支持她的網友們度過炎炎夏日；一向悲觀的叮蟹說他希望暑假結束的一天忽然世界末日，那麼他就可以永遠放長假了；夏桑菊則說自己甚麼也不想做，只想每天也望天打卦，睡足一整個暑假；

蔣秋彥對大家說：「我希望可以在暑

假期間，參與更多向長者派飯或相關的義工活動。」

此言一出，同學們的反應也很熱烈，並**踴躍**地舉手報名參加。只因上次黃予思爸爸開的餐廳辦了一個派飯活動，一群小三戊班的學生們也前去幫忙，當大家看見老公公老婆婆臉上流露出的笑容，就覺得這真是件蠻有意義的事，非參與不可哩。

上次沒參與派飯活動的叮蟹又悲觀地說：「我

們只是小朋友，大家也會以為我們只是鬧着玩，沒有人會認真對待我們的啊！」

蔣秋彥不同意：「就是由於我們年紀還小，更要**加一把勁**，讓大家發現我們的行動力並不輸給成年人吧！」

大家説了各自的暑期活動，只有呂優沒有發言，方圓圓問他：「對啊，呂優，你在暑假裏有甚麼活動？」

一向腦筋非常清晰、很清楚知道下一步的呂優，這次卻回答得很**模糊**，聳聳肩説：「我也不知道，到時候再想想吧！」

大家還想追問下去，這時姜C的行動卻吸引了各人的注意，因他忽然把大家停

下手來不吃的半碟燒賣，倒進一個密封食物盒內。大家都奇怪他在做甚麼啊，姜C 大言不慚地說：「既然大家也吃不完，我打包拿回家裏餵狗，我的狗狗 Anson 最愛吃燒賣呢！」

饞嘴的方圓圓急急地說：「但我還想……吃多幾顆。」

姜C問：「你不是說要減肥的嗎？」

方圓圓害羞地說：「我的**減肥計劃**，準備在暑假才正式開始啊。」

姜Ｃ用他的一雙亮晶晶的眼睛凝視着方圓圓，雙手合十裝出一副可憐相：「但你會忍心讓我的狗狗挨餓嗎？牠可是一頭好狗呢！你知道嗎？牠每次見到推着紙皮箱的婆婆，更會主動幫她們推車呢！」

　　方圓圓給狗狗 Anson 的善心打動了，她看着密封盒內的燒賣，只好向牠們不捨説再見。

　　終於，姜Ｃ就像《警訊》內的那些奸狡的騙徒，就這樣把半碟燒賣騙走了！

反斗群英
我要升班

第 **7** 章

移民的決定

完成了下學期的大考後，接下來還有幾個星期要繼續上課，但中三戊班的一眾同學的心情很輕鬆，各人心裏**不約而同**倒數着放暑假的日子，一想到又忍不住面露微笑。

不，除了有一個同學，並沒有這種興奮期待暑假的心情，他就是呂優。

在下學期大考之前，呂優

從父母口中得知全家人即將要移民英國的消息，只覺得晴天霹靂。

呂優不解地問爸媽：「我們為甚麼要離開香港？」

媽媽向爸爸打了一個眼色，爸爸便對兒子笑着說：「我們兩年前不是去過倫敦旅行嗎？你也說自己很喜歡那裏吧？英國的教育方式很適合你。況且，以你在香港的學業成績，就算走到外國也可以應付得綽綽有餘，所以我們替你張羅去英國升學的事宜了。」

是的，兩年前的暑假，呂優隨着父母去過英國旅行，他的確很喜歡大笨鐘、倫

敦眼、泰晤士河畔、倫敦塔橋、大英博物館、白金漢宮等景點，吃到優雅美味的英式下午茶、英國最著名的 fish and chips（炸魚薯條）、能夠親身走到國王十字車站的哈利波特九又四分之三月台拍照和買到一大堆紀念品，更令他歡喜若狂。但那畢竟只是一個逗留七日六夜的旅程而已，這跟全家人留在那邊生活，根本是兩

回事吧？

　　呂優**太震驚**了，一下子對這個驟然
而來的轉變消化不來，因而有了一陣靜默，
不知該如何回應爸爸的話。

　　媽媽見狀，又瞪了爸爸一眼，爸爸的
神情有點**勉為其難**，勉強地笑着説：
「其實，我們一早已計劃好了，在你升上
中學時，將你送去外國留學，現在只是提

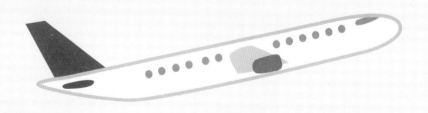

早幾年過去了吧⋯⋯況且，我們全家一起去英國居住，你有個照應，我們也可以好好照顧你啊！」

　　不太笨的呂優想到了，爸爸這個説法根本就是**本末倒置**吧？要是真的只想送他去英國留學，父母親也不必勞師動眾，陪同他一起移民的。所以兩人應該還有其他離開香港的原因，但既然爸爸媽媽已為他準備了一套説詞，考慮到兩人也有苦衷，呂優終於面露微笑地説：「我們會在何時起程？」

　　爸爸和媽媽互看一眼，兩人本來**緊張兮兮**的神情馬

上鬆弛下來，跟兒子詳細交代了離開香港的時間，和接下來的退學安排。

雖然，在大考之前，呂優已知道自己即將離開香港的消息，但這對他來說始終也是一件**難以接受**的事，他有很多次想告訴朋友們，尤其那次跟方圓圓在港鐵站口說拜拜，他喊住方圓圓：「對啊，我要告訴你一件事 ——」差點就要**衝口而出**，最後還是忍住沒說，只因他害怕會影響了大家溫習的心情。

所以，到了最後，他一整個大考也沒說出來。甚至乎，過了大考後也遲遲不說，又怕影響了大家的愉快心情。

第8章
好同學要離開了

　　在呂優離港的前一天，小息的時候，他跟同學們笑着説：「我今天要請客，大家喜歡喝甚麼或吃**魚蛋燒賣**也可以的啊，我們快出發去食物部！」

　　小三戊班的同學們歡呼起來，大家準備步出課室的時候，聰敏的黃予思卻發現不妥，技巧地問：「呂優，你一個人要請二十九個人，花費也太大了吧？你想請客該有甚麼原因的吧？先告訴我們，否則我

98

們也會不好意思接受的啊!」

　　各同學想想也對,這樣會叫呂優破費,甚至把他的 零用錢 全花光的吧?大家便停下了腳步,靜靜等着呂優說明請客的原因。

呂優在心裏嘆一口氣，他真討厭遇上像黃予思般的厲害角色，讓他想隱藏的心事也變得**無所遁形**。

面對着同學們充滿問號的眼神，呂優深深吸一口氣，只得硬着頭皮**如實相告**：「因為，我明天就要離開香港，移民去英國了……應該不會回來了……今天是我最後一天上學，因此想跟大家多相聚一下。」

呂優的話令小三戊班的一眾同學**目瞪口呆**，大家張大嘴巴說不出話來。身為呂優好朋友的孔龍，感覺更像一盆冰水照頭淋下來，他怪叫起來：「甚麼？你要

移民英國？為何我竟會不知道的啊？」

跟呂優很稔熟的方圓圓，一難過便雙眼通紅起來：「我有幾個親友移民去澳洲了，沒想到你也要去英國了！」

整個小三戊班的課室，一下子充塞了**離愁別緒**。呂優不料大家的反應那麼大，只好反過來安慰眾人：「現在科技進步，雖然香港和英國相隔千里，但我們可以隨時在電腦上進行視像通訊，**保持聯絡**啊！」

姜C哭哭着說：「但你經常借家課給大家參考，班上沒有了你，真是痛失英才啊！」

夏桑菊小聲提醒這個天才：

「BB，『**痛失英才**』好像不是這樣用的啊？它好像是對去世的人感到痛心，多用於靈堂的輓聯……」

姜C即時覺悟，他把右手抬起，放太陽穴旁，向呂優作了一個致敬的姿態，眼角更泛起了一點淚光，引領大家大聲地嚷：

「好了，為了紀念呂優同學的離開，請大家為他默哀三分鐘，我們會對他永遠懷念！RIP！」

　　姜Ｃ的傻話令大家也笑了起來，總算令**愁雲慘霧**的課室增添了一些歡樂。

　　呂優看着愁眉不展的大家，他滿懷感觸地説：

　　「感謝大家一直以來對我的關照，雖然我們即將相隔兩地，但一定要保持着聯絡，繼續做朋友……對了，就像姜Ｃ所説的，你們要對我永遠懷念啊！」

　　呂優句句**情真意切**的話，引起了全班同學的共鳴，眾人異口同聲地説：「這是當然的，我們一定要繼續保持聯絡。」

　　然後，眾人**坐言起行**，向呂優索取他的各種聯絡方法，簡直就像前來問他

討債的債主呢，而呂優也高高興興地給大家以後能夠找到他的方法（除了姜C要一張呂優印上唇印的簽名照片，呂優拒絕了他之外）。

由於彼此也答允了要緊密聯繫，大家的傷心度便減低不少，各同學逐一地跟呂優拍照和**互道祝福**，各人也表現得**依依不捨**。

當中最不捨得的，當然是孔龍，他對呂優保證似地說：「我明天一定會來機場送機。」

呂優嘆口氣說：「我乘坐的航班，在明天凌晨四時四十分起飛，你怎麼來送機

呢？」

　　孔龍再一次失望了，呂優安慰他：「其實，送行也不一定要在機場。在學校的門口道別，好像跟平時一樣揮手**說聲拜拜**，然後期待着下一次的見面，我會覺得更加**輕鬆愉快**。」

　　雖然孔龍的性格橫蠻粗魯，但也明白這個好朋友的感受，在機場裏道別也是件非常難受的事，所以他照着呂優的意思，點點頭説：「是的，在學校門口道別也不錯。」

　　最後，眾同學不想叫呂優破費，他請客這回事也就不了了之。反而，到了午飯時分，各人也將自己飯盒內的最肥美的一塊肉或攜帶的水果送給呂優，就當作替他餞行。在集腋成裘之下，呂優的飯盒堆得像一座山，讓他哭笑不得。

　　飯後，呂優在圖書館樓層的六又五分之四樓梯前找到黃予思，她正在閱讀着一

本叫《小王子》的小說，呂優向她點一下頭，黃予思也向他微笑一下，他便坐到她身邊去。

往天台

往六樓

The Little Prince
小王子

「我特別想感謝你，要不是你讓我把一切說出來，大家明天上課的時候，便會見到我空置了的座位，向老師查問一下，才知道我已退學和移民了……想起來，我滿以為不驚動任何人、不辭而別就是最好的方法，但大概會令大家更難受吧？」

黃予思放下了書，側着臉看呂優：「對啊，你人離開了，但也不想留下遺憾吧？」

呂優承認地點點頭：「我本來想裝瀟灑，但其實心裏放不下。現在很好，我跟各人好好交代了，也好好道別過了，我可以安心出行了。」

黃予思瞪他一眼：「但你一定覺得我

是個**討厭鬼**吧？」

呂優不禁失笑。他剛才真的在心裏埋怨她太多事了，暗罵了一聲『**討～厭～鬼～**』。但黃予思是怎樣猜到的呢？他只好抓一下頭道歉，蠻有感受說：「討厭啊，但幸好有你在我背後推一把⋯⋯其實，

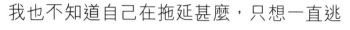

我也不知道自己在拖延甚麼，只想一直逃避下去罷了⋯⋯我也太孩子氣了。」

黃予思搖搖頭說：「不，那是正常反應吧？要是你根本不在乎我們這群同學的感受，你一早便說出來了。你害怕傷害了自己覺得非常重視的人，才會變得難以啟齒吧。」

呂優心頭一緊，想不到黃予思三言兩語，便已解開了他的心結，他對她心服口服。

「謝謝你，跟一個這麼了解我的人做了三年同學，我真的**太幸運**了。」

「不討厭我了嗎？」

「討厭啊，幸好我也是個討厭的人，我們是同類！」

「原來是這樣啊？那麼，以後請多多指教了！」

呂優和黃予思**相視而笑**了。

群英小學

派發成績單的日子

　　三個星期後，終於到了派發成績表的日子。

　　每一年的名次總是徘徊在最後頭的方圓圓、曾威峯、姜 C、小櫻妹妹和叮蟹等同學，每個人也顯得很擔憂，**戰戰兢兢**的。

　　大家最擔憂的，當然也是同一件事，就是學業成績排名最差的一批學生，就會自動落入留班的候選名單中，但到底誰會

是「幸運兒」，又或不止一人會留班，就是未知之數了。

　　方圓圓害怕得不斷打哆嗦，跟大家分享了她的恐懼：「我感覺自己就像身在夾公仔機內的特大獎品，頭上有個鐵夾子一直在我頭上伸下來，想把我夾出去，我只希望自己不會被夾中。」

　　曾威峯不改他喜愛挖苦人的性格，對方圓圓笑嘻嘻地說：「你不用擔心啦，你的體重足以令鐵夾子也承受不了地心吸力，就算你被夾中了也會在半空掉回去啊！」

　　方圓圓的好友蔣秋彥看不過眼，幫可

的方圓圓反擊:「曾威峯,你也要替自己擔心一下,你也是夾公仔機內的大獎啊!」

曾威峯給蔣秋彥的話嚇壞了,在他心目中,蔣秋彥既溫柔又善解人意,沒想到為了幫好友出頭,居然會攻擊他。他吞了一大口口水,忽然覺得女生們也是不好惹的。

天生有股傻勁的姜C，是表現得最為樂觀的一人：「我一點也不怕喔！因為我經常被罰留堂，留班也只是加長版的留堂吧了！」

　　夏桑菊哀哀地説：「BB，請你別説傻話，我很希望可跟你一同升上小四，一同

在食物部吃魚蛋和喝維他奶呢！」

姜 C 太感動了，跟夏桑菊十指緊扣，兩人渾身也散發着*友誼之光*。

叮蟹歇斯底里地喊：「世界末日可以現在便降臨嗎？我不想留班啊！」

小三戊班的課室內，瀰漫着一股極度不安的氣氛。這時候，班主任安老師走進課室來，本來喧鬧的同學們也停止說話，每個人也忽然*正襟危坐*，不不不，大家不是坐得筆直了，只不過是嚇得身子僵直吧！

各人的眼睛也不禁盯着老

師在教桌放下的一大疊黃色小冊子，那就是叫人**聞風喪膽**的成績單了！

永遠也是笑臉盈盈的安老師，這一天的神情總好像比起平時嚴肅了點，她大概也為了學生們的成績而擔憂吧。

然後，她順着學生的座號派發成績單，而不以成績高低的次序去派出，避免同學覺得尷尬和受到傷害，可見她真是個善良的老師。

被安老師叫名出去接成績單，有些同學**緊張**得一邊步回座位、一邊**急不及待**地打開看看裏面，想知道自己的成績是好是壞；也有更多同學害怕得不敢揭開，

一直合着成績表，**忐忑不安**地回到座位上。

　　班上同學逐一看了成績單，各人成績當然有好也有壞，但大家皆順利升班了，只剩下方圓圓、曾威峯、姜C、小櫻妹妹和叮蟹五人，猶豫着並未打開成績單，皆因他們是最有機會留班的「**五強**」！

　　事實上，五人也想盡快知道成績，但成績單彷彿被強力膠水黏住了，無法輕易打開來。

　　雖然運動成績不俗，但學業成績總是徘徊在低位的曾威峯，自知**身陷險境**，他打定輸數說：

「我調查了群英小學三年級近五年的平均留班人數，每一班皆是一至二人，所以，我們五人之中應該有一至兩人難逃一劫吧！」

　　方圓圓嚇得面色青白、全身冰冷，好友蔣秋彥只好緊緊握着她的手，希望給她多一點力量。

　　姜C突然**摩拳擦掌**，像個賭神般的宣佈：「不如我們五人一同揭開底牌，看看誰要跟大家講拜拜啦！」

　　雖然，那就是**苦中作樂**，但也真是個好主意！總好過一個一個的打開，真會嚇破膽的哩！

　　五人圍了一個圈，一起倒數着三二一，班上的其他同學也一同緊張起來，誰也不想看到有同伴被留下來，這真是一場非常殘忍的遊戲，大家也屏息靜氣。

五人一同打開成績表，展示了內頁，結果就是——三十九名同學也露出了**驚異**的神情！

　　因為，五張成績單的「升／留班」的一欄，也蓋上了同一個印章：「獲准升級」！

憂慮已久的小櫻妹妹即時迸出了開心的淚水！方圓圓和蔣秋彥也緊緊擁抱着彼此，蔣秋彥感動地說：「我們可以一同升班啦！」

同樣也很感動的曾威峯走向蔣秋彥和方圓圓面前，張開雙臂興奮地說：「我也要抱抱！」姜C便走到曾威峯身後緊緊抱住了他的腰，像一頭樹熊般，令曾威峯非常無奈。

出乎意料地，全班同學也順利升上小四！大家充滿驚喜地互相祝賀。這時候，一直靜靜看着大家的安老師才開口了：

　　「各位同學，過去一年大家也辛苦了，恭喜你們順利升上小四！但我想自己還是必須告訴大家一件事：事實上，我們班上有一名同學因**成績欠佳**，本來需要留班一年，但由於呂優同學退學了，校方決定把他本來升班的空缺，酌情分配給本來要留班的同學，給他一個改善學業的機會。所以，希望大家在小學四年級也會**加倍勤奮**，別辜負了這個機會啊！」

　　方圓圓、曾威峯、姜C、小櫻妹妹和叮蟹五人終於知道自己**幸運脫險**的原因，皆大大吁一口氣，但安老師的話是一種很好的**警惕**，大家心知明年真要萬二

分用功了！

安老師一本正經地説完了訓話，好像也輕鬆下來，她回復了往常的笑臉問：「還有一個星期就是暑假，大家安排了甚麼活動嗎？」

大家為了**留班 / 升班**而擔憂了幾個星期的煩悶心情得到了解放，班上各人都興奮説出自己的放假大計，安老師笑咪咪地聽着，最後她提醒大家，別要到了新開學前的一晚才做**暑期作業**啊！

放學的鐘聲響起，安老師離開課室後，KOL 簡愛喊停了正在步出課室的同學們：「我剛打開手機一看，正好接到了呂優的

視像通話！」

　　大家圍過來，向手機熒幕前的呂優興奮問好，呂優頭髮也未梳好、一副剛夢醒的樣子，他說：「我在英國這邊是早上七時，知道今天是派發成績單的日子，特意打來關心一下大家啊！」

呂優
同學仔

　　大家**七嘴八舌**告訴呂優，由於他離開的空缺，令全班順利升級的事，令呂優也聽得**瞪大雙眼**，頻呼好險！

　　姜C説：「呂優同學，你令我想起一套電影，你真像電影內的男主角！」

　　呂優想了一想，在手機鏡頭前猜：「難道你指的是美國隊長？」

　　姜C搖搖頭：「不，你跟美國隊長絕對扯不上任何關係，你連盾牌也拿不起呢！你令我記起一套航機撞落冰山的災難片，你就是那個一開場便死去了的男主角，大家把你烤來吃，才得以生存下來呢！」

　　呂優露出了**哭笑不得**的表情：「想

不到在你心目中，我是那麼偉大的啊！」

　　身為呂優的好友孔龍則生氣得兩管鼻孔在噴火，他咆哮着說：「你為甚麼把我的朋友給吃了！」

　　然後，孔龍追打姜C，姜C一邊逃跑一邊大叫：「你不吃可以分給方圓圓，她需要多吃一點！」然後，連方圓圓也加入追討圍捕的行列，在課室內亂成一片，眾同學都給這個反斗星笑死了。

第 **10** 章
爸爸的回憶錄

小學三年級上課的最後一天，夏桑菊跟同學們在校門前道別了，暑假正式開始！

他如常走出了校門外的小斜路，路過一家小小的咖啡茶座，卻發現坐近店門的顧客正向他笑着揮手。

夏桑菊眼前一亮，是爸爸。

爸爸走過來，**滿臉笑容**告訴他：「我今天來西環工

作，見剛好撞上你的放學時間，來跟你吃個下午茶吧。」

爸爸的工作是「神秘顧客」，每天也會依照公司指示，派去各區的商店和食店進行服務質素測試及評核。

夏桑菊每次跟朋友們提起他爸爸的職業，大家也會嘖嘖稱奇，總覺得他爸爸是個像007一樣的神秘特務，讓夏桑菊很自傲。

爸爸問：「你的書包會不會很重？我替你拿一下吧。」

夏桑菊搖頭苦笑，「爸爸，我不是幼稚園生了。」

爸爸明白地點頭，自責地說：「是的，給你的同學看見了，會很不好意思的啊。」

兩父子並肩同行，一向性格沉靜的爸爸，這天卻表現得**出奇地雀躍**。他告訴夏桑菊，在西營盤正街那條長長的斜路，他以前在群英中學就讀時，一天會走四次。

彩熊洗衣店
Tel:2544 XXXX

咩

蘇蘇地產
招租
2544 XXXX
王小姐

招租
2544 XXXX
郭小姐

Centre Street
正街

上學和放學各一次，午飯時間再走兩遍。

爸爸又指着那條上斜路的行人自動電梯，一陣嘩然：「當年沒有這道電梯，我每天也要上斜波和落斜波，雖然行得氣喘吁吁的，但鍛煉了身體，健康很不錯。」

他又望向那個西營盤港鐵站的入口，

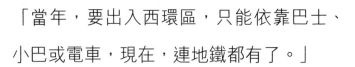

「當年，要出入西環區，只能依靠巴士、小巴或電車，現在，連地鐵都有了。」

「那是多少年前的事了？」

「我讀中四中五的年代……距離現在剛好二十年。」

夏桑菊好像在聽古代的神話故事，他忍不住取笑：「那個年代好像甚麼也沒有啊。」

「是的，很多東西還未開發，但那是香港最好的年代。」爸爸苦澀一笑，「這個地方變得既熟悉又陌生，我也不再是十七歲的那個我了。」

夏桑菊隨爸爸走進一家叫「源記」的

舊式甜品店，點了甜品後，爸爸環視着店內四周，整個人陷進回憶中。

「這一家是百年老店。我讀書時，每星期也來光顧一次，我太喜歡它的桑寄生蛋茶和雞蛋糕。」

夏桑菊點了合桃糊，口感的確細膩幼滑。但他留意到一件怪事，老侍應給爸爸的雞蛋糕，只有薄薄的一片。反觀有幾檯客人叫的雞蛋糕，厚得像酒樓賣的馬拉糕，份量是爸爸那份的三倍！

他提醒爸爸有可能被騙了，爸爸卻笑着說：「那些一定是多年的老顧客，所以才會有特別關照。」

「那很不公平啊。」

「沒有不公平啊，你一直地光顧，夥計們慢慢就會認得你，你也可以成為老顧客。」

夏桑菊心裏苦笑，爸爸真懂得自欺欺人呢。

爸爸有點感觸地說：「況且，你知道嗎？來這些老地方，吃的不是食物，是過去的回憶啊。」

夏桑菊沒有爸爸那種情懷，只能點一下頭。

爸爸吃下一口雞蛋糕，問他：「小菊，你快升上小四了，一切還順利嗎？」

「沒問題啊。」

爸爸問：「對了，聽説你們學校換了訓導主任？」

「對啊，黃主任退休了，新上任的是西門 sir。」

爸爸牽一下嘴角説：「讀群英中學的時代，他曾經是我的訓導主任，真沒想到會調派到小學部去了。」

群英中學就建在群英小學旁邊，兩校只是一牆之隔。夏桑菊很羨慕中學部的學生，可自由走出學校吃午飯，選擇自己喜愛的食店和餐單，他只想盡快長大。

爸爸凝視着兒子，突然吐出一句話：「説起來，我真有點後悔，把你送來這學校讀書哩。」

夏桑菊給他的話嚇到了，「為甚麼？」

爸爸露出**一言難盡**的神情。這時候，一陣鬧鐘的鳴聲響起，爸爸按熄了手機的時間提示。

「好了，我必須出發去下

一個工作地點了。」

兩人走出甜品店門，爸爸又是一臉不放心：「你自己一個回家，真的沒問題嗎？」

夏桑菊抿了抿嘴，擺出一副天不怕地不怕的樣子說：「媽媽在小學一年級已獨自上學，我小三才開始，已經算很遲了。」

爸爸拍拍他的書包，笑着說：「你也不算遲，我整個小學年代也在坐校車哩。」

夏桑菊哭笑不得：「爸爸，為甚麼你的童年好像過得很悲慘？」

爸爸聽到這句話，怔然了幾秒鐘，他

拍拍夏桑菊的肩膊，笑咪咪說：「所以，我才不想禍延下一代，希望你有個開開心心的童年吧！」

兩父子笑着道別，看着爸爸的背影，他感到**依依不捨**。

在他印象中，打從幼稚園以後，爸爸再也沒有接過他放學了。雖然他口裏不說，但心裏卻感動不已。

夏桑菊知道，下一次再踏進群英小學的校門，他就是個小四生了，不知道將來會發生甚麼事呢？

他**挺起胸膛**微笑起來，期待着**全新**的一頁。

填字遊戲

請在空格上填寫合適的字。

龍**馬**精神

大富**大**貴

生意興隆

恭**喜**發財

心想事成

出入**平**安

家肥屋潤

一本萬**利**

拼圖遊戲

請選出空格的拼圖。

A

B

C

D

答案：請留意下集或天地圖書 Facebook 專頁。

反斗群英 ⑦ 預告

漫長的暑假正式開始囉，準備升上小四的一群小三戊班同學們，各有各的暑期活動。

秋彥和方圓圓去參加派飯義工活動，居然巧遇了不可能出現的神秘同學！姜 C 跟隨父母去離島賞月，竟發掘出一段可歌可泣的愛情故事！KOL 興奮地接到第一個廣告，卻決定以後也不再做 KOL 了，到底所謂何事？還有移居英國的高材生呂優，會跟大家講近況報平安呢……一切一切的暑假奇趣事，即將在下集季度完結篇內揭盅，各位萬勿錯過啊！

即將轟動上市，敬請密切期待！

書　　　名	反斗群英7：我要升班	
作　　　者	梁望峯	
插　　　圖	安多尼各	
責任編輯	王穎嫻	
美術編輯	郭志民	
協　　　力	林碧琪　Key	
出　　　版	小天地出版社（天地圖書附屬公司）	

香港黃竹坑道46號新興工業大廈11樓（總寫字樓）
電話：2528 3671　　　傳真：2865 2609
香港灣仔莊士敦道30號地庫（門市部）
電話：2865 0708　　　傳真：2861 1541

印　　　刷　亨泰印刷有限公司
柴灣利眾街德景工業大廈10字樓
電話：2896 3687　　　傳真：2558 1902

發　　　行　聯合新零售（香港）有限公司
香港新界荃灣德士古道220-248號荃灣工業中心16樓
電話：2150 2100　　　傳真：2407 3062

出版日期　2023年5月初版・香港